愛漂亮的小象芬芬

作者 蘇芃瑜

在動物村裡住著一隻愛漂亮的小象，她的名字叫芬芬。

芬芬有很長很長的鼻子，
她覺得自己的鼻子跟大家長得不一樣，
所以總是感到很煩惱。

這一天芬芬剛起床，跟平常
一樣走到鏡子前看了看，思
考著今天要穿哪件漂亮的衣
服。

叩!叩!突然有人敲了敲門，
芬芬打開門後看到
一隻有彩色羽毛的
小鳥——是她的
好朋友波波。

「早安，芬芬！」波波很開心的揮揮他的翅膀「告訴妳一則好消息，我要舉辦一個生日派對！」說完，他將手中的派對邀請信交給了芬芬。

「感覺很棒呢！我一定會參加的！」芬芬說
波波笑著點點頭，便拍拍翅膀飛向天空。

看著手中的派對邀請信， 芬芬想著要
在派對當天打扮得很漂亮， 讓大家對
她刮目相看。

接著芬芬開始煩惱了
起來， 她長長的鼻子
跟可愛的裙子真是
太不搭了！因此得
想個辦法把她的
長鼻子藏起來。

芬芬試著拿出各式各樣的東西要藏住鼻子：

好熱！

彩色的圍巾

看ㄎㄢˋ不ㄅㄨˋ到ㄉㄠˋ了ㄌㄜ˙！

很ㄏㄣˇ多ㄉㄨㄛ的ㄉㄜ˙氣ㄑㄧˋ球ㄑㄧㄡˊ

一ㄧˊ條ㄊㄧㄠˊ大ㄉㄚˋ的ㄉㄜ˙紅ㄏㄨㄥˊ色ㄙㄜˋ緞ㄉㄨㄢˋ帶ㄉㄞˋ

試了各種方式都沒有成功，
芬芬失落的在路上走著，
不知不覺來到了一片花園，
看到兔子媽媽正在採集美麗的花朵。

花園

「我正要摘一些花做成花束，
擺在家裡裝飾呢！這些花很漂亮吧！」
兔子媽媽笑著說道。

芬芬靈機一動：「對了，我可以用
這些花朵藏住自己的鼻子！」
接著芬芬開心地做了一束花圈。
「這樣我就可以漂漂亮亮地去參加派對了！」

到了波波生日這天，
芬芬一大早就打扮好，
趕著要去參加派對。

波波的生日派對十分盛大，
村子裡的動物們幾乎都來了！
桌上擺滿了美味的食物，
有麵包、水果，還有一個大大的蛋糕，
動物們都很享受這場派對。

這時波波走向前說：
「謝謝大家來幫我慶祝生日，
接下來我準備了精彩的表演喔！」
只見波波揮了揮翅膀，
在空中表演了一場華麗的舞蹈。
「哇！波波一定是我們村子最美麗的動物。」
所有動物在台下一邊鼓掌一邊歡呼著說道。

芬芬看著閃閃發亮的波波心裡十分羨慕，
「波波有好漂亮的翅膀， 但是我只有灰溜溜
又粗糙的皮膚， 而我最討厭的是我這長長的鼻子，
一點也不好看！」芬芬心想著。

到了晚上，小浣熊提議說：
「我們可以圍著營火手拉手跳舞，
一定很好玩！」
芬芬心裡想著：「難得今天穿了最
漂亮的裙子，跳起舞來一定很漂亮。」
因此同意了這個提議。

沒想到當芬芬開心地跳著舞的時候，
鼻子上的花圈讓她的鼻子好癢，
「哈——啾——！」
芬芬終於忍不住打了個噴嚏。

旁邊的動物們看到因為打噴嚏跌倒的芬芬，
都開始哈哈大笑。
芬芬以為自己的大鼻子讓自己出糗了，
難過的哇哇大哭起來。

這時旁邊傳來一聲尖叫，
沒想到貪玩的小鹿在玩耍時，
不小心把營火撞倒了。

「快逃啊！著火了！」原本小小的營火
轉眼間成了熊熊大火，
燒到一旁的樹木，
所有動物看到火勢越來越大，
都慌亂地跑了起來。

「誰快來救救我的孩子啊！」
松鼠媽媽大叫著，
小松鼠為了逃跑被困在樹枝上，
「媽媽！媽媽！救命啊！我下不去呀！」，
但火越燒越快， 幾乎快要燒上來了。

周圍的人都非常緊張地左看右看，
不知道該如何救下小松鼠。

波波自告奮勇想飛到樹上救下小松鼠，
但一不小心被大火燒到羽毛，
痛得摔到了地上。

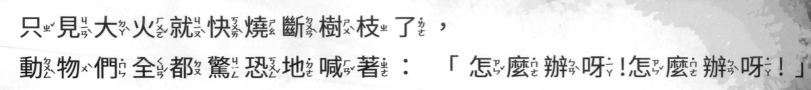

只見大火就快燒斷樹枝了，
動物們全都驚恐地喊著：　「怎麼辦呀！怎麼辦呀！」

芬芬突然看到一旁的池塘，
腦筋一轉，想到一個主意。

芬芬飛快地跑到池塘邊，
用她長長的鼻子從池塘裡吸了大口大口的水，
朝大火射出了一道水柱，
把大火慢慢地澆熄了。

大火慢慢熄滅後，
芬芬伸出她的鼻子把困在樹枝上的小松鼠抱下來，
並交到松鼠媽媽的手上。

大家看到這一幕, 都跑上去圍著芬芬歡呼了起來,
「芬芬的長鼻子好厲害喔!」

芬芬害羞地笑著，想著自己有長長的鼻子原來是多麼棒的一件事。一直只想著要漂漂亮亮的，都沒發現自己最大的優點。

「咕嚕嚕！」芬芬的肚子突然叫了起來，「看來我們的小英雄肚子餓了呢！我們繼續享受派對吧！」所有動物都笑了起來。

蘇芃瑜

畢業於台灣藝術大學美術系。

我喜歡圖畫與文字構築的世界，

在繪本的世界裡我們都可以是主角，

畫筆下的角色可以無所不能也可以是個膽小鬼，

而這些角色就像我們的化身，

在故事裡經歷著屬於他們的冒險。

繪本就像是開啟孩子通往另一個世界的橋樑，

並能在那裡找到積極且正面的力量。

無論長大了多少，每個人心中都有一個愛作夢的小孩。

希望我的故事能成為培養孩子想像力的養分，

用充滿活力及想像力的視野去探索這個世界。

給父母、老師、孩子們
的腦力激盪時間

一起來回答問題

完成任務吧!

回答問題

認識動物 ★

派對上有好多小動物，你認得出來圖中的小動物們是什麼品種嗎？總共有幾隻小動物呢？

伸出援手 ★★

芬芬用她的長鼻子撲滅了大火，當看到身邊的人遇到困難時，你會不會主動伸出援手呢？

認識自己 ⭐⭐⭐

每個人都有屬於自己的優點和缺點。

試著認識自己，說說看自己有什麼優缺點吧！

感想 ⭐⭐⭐

看完了這本書，你有什麼感想呢？

從故事中你學到了什麼呢？

愛漂亮的小象芬芬

書　　　名　愛漂亮的小象芬芬
編　　　劇　蘇芃瑜
插　畫　家　蘇芃瑜
封　面　設　計　蘇芃瑜
出　版　發　行　唯心科技有限公司
　　　　　　地　　址：台北市松山區八德路三段247號五樓之一
　　　　　　電　　話：0225794501
　　　　　　傳　　真：0225794601
主　　　編　廖健宏
校　對　編　輯　簡榆蓁
策　劃　編　輯　廖健宏
出　版　日　期　2022/01/22
國　際　書　碼　978-986-06893-4-1
印　刷　裝　訂　博創股份有限公司
定　　　價　500元
版　　　次　初版一刷
書　　　號　S002A-DSPU01
音　訊　編　碼　0000000000030008

本書內文使用的ㄅ字嗨注音黑體
授權請見https://github.com/ButTaiwan/bpmfvs/blob/master/outputs/LICENSE-ZihiKaiStd.txt